Loi n°49.956 du 16 juillet 1949 sur les publications destinées à la jeunesse.
ISBN : 978-2-09-252440-4
N° éditeur : 10157026 - Dépôt légal : mai 2009
Imprimé en France par Pollina - n° L50166A

D'après un conte de Madame Leprince de Beaumont
Illustré par Claire Degans

# La Belle et la Bête

Nathan

Il y avait une fois un marchand extrêmement riche qui avait trois filles, très belles ; la cadette était cependant plus belle que tout, et on ne l'appelait d'ailleurs que la Belle. Mais elle était aussi meilleure que ses sœurs qui avaient beaucoup d'orgueil.
Un jour, le marchand perdit toute sa fortune et il ne lui resta qu'une petite maison de campagne.
Bientôt, il apprit qu'un vaisseau, sur lequel il avait des marchandises, venait d'arriver.

Quand elles virent leur père prêt à partir, les deux aînées le prièrent de leur rapporter toutes sortes de bagatelles. La Belle ne demanda qu'une rose.

Sur le chemin, le marchand se perdit. Il neigeait horriblement et un vent violent soufflait.
Tout à coup, il aperçut une lumière au loin et vit qu'elle venait d'un grand palais tout illuminé vers lequel il se hâta. Le château semblait désert.
Il entra et ne vit personne ; mais il y trouva un bon feu et une table chargée de viandes. Il ne put résister à la faim et mangea un poulet en tremblant. Puis, il trouva une chambre où il y avait un bon lit et, comme il était las, il se coucha.

Il était dix heures du matin quand il s'éveilla le lendemain. Il regarda par la fenêtre et ne vit plus de neige, mais des fleurs qui enchantaient la vue.
Il sortit et, comme il passait sous un berceau de roses, il se souvint que la Belle lui en avait demandé, et en cueillit une.
À cet instant, il vit venir à lui une bête si horrible qu'il fut tout près de s'évanouir.
– Vous êtes bien ingrat, lui dit la Bête d'une voix terrible : je vous ai sauvé la vie en vous recevant dans mon château et, pour la peine, vous me volez mes roses que j'aime mieux que toute chose au monde : il vous faut mourir. Mais je veux bien vous pardonner, à condition qu'une de vos filles vienne volontairement mourir à votre place.

Le bonhomme n'avait pas dessein de sacrifier une de ses filles, mais il pensa : « Du moins j'aurai le plaisir de les embrasser encore une fois. »

Quand il arriva dans sa maison, ses enfants se rassemblèrent autour de lui. Il tenait à la main la rose qu'il apportait à la Belle ; il la lui donna et raconta à sa famille la funeste aventure qui lui était arrivée.
– Je veux me livrer au monstre, dit la Belle et je me trouve fort heureuse, puisqu'en mourant, j'aurai la joie de sauver mon père.
Le marchand eut beau protester, la Belle ne fléchit point, et il dut accepter sa décision.

Le lendemain, ils prirent la route du palais
et, sur le soir, ils l'aperçurent illuminé comme
la première fois.
Le marchand entra avec sa fille dans la grande salle
où ils trouvèrent une table magnifiquement dressée.
Quand ils eurent soupé, ils entendirent un grand
bruit : c'était la Bête.
La Belle frémit en voyant cette horrible figure,
mais elle se rassura de son mieux et, le monstre
lui ayant demandé si c'était de bon cœur
qu'elle était venue, elle lui dit en tremblant que oui.
Puis le monstre se retira.

Le lendemain, lorsque son père fut parti, la Belle se mit à pleurer. Mais comme elle avait beaucoup de courage, elle résolut de visiter ce beau château. Elle fut bien surprise de trouver une porte sur laquelle était écrit : *Appartement de la Belle.* Elle y fut éblouie de la magnificence qui y régnait.
Elle ouvrit la bibliothèque et vit un livre où il y avait écrit en lettres d'or : *Souhaitez, commandez : vous êtes ici la reine et la maîtresse.*
– Hélas ! dit-elle en soupirant, je ne souhaite rien que de voir mon pauvre père.
Quelle fut sa surprise, en jetant les yeux sur un grand miroir, d'y voir sa maison où son père arrivait avec un visage extrêmement triste !

Le soir, la Bête la rejoignit.
– Il n'y a ici de maîtresse que vous, lui dit ce monstre. Vous n'avez qu'à me dire de m'en aller si je vous ennuie. Dites-moi, n'est-ce pas que vous me trouvez bien laid ?
– Vous avez de la bonté, dit la Belle. Je vous assure que je suis contente de votre cœur. Il y a bien des hommes qui sont plus monstres que vous, et je vous aime mieux avec votre figure que ceux qui, avec la figure d'homme, cachent un cœur faux.
La Belle n'avait presque plus peur du monstre, mais elle manqua mourir de frayeur lorsqu'il lui dit :
– La Belle, voulez-vous être ma femme ?
Elle lui répondit en tremblant :
– Non, la Bête.
Ce pauvre monstre soupira et lui dit tristement :
– Adieu donc, la Belle.

La Belle passa trois mois dans ce palais.
Tous les soirs, la Bête lui rendait visite et, chaque jour, elle découvrait de nouvelles bontés dans ce monstre. L'habitude de le voir l'avait accoutumée à sa laideur et, loin de craindre le moment de sa visite, elle l'attendait avec impatience. Il n'y avait qu'une chose qui faisait de la peine à la Belle, c'est que le monstre lui demandait toujours si elle voulait être sa femme et paraissait pénétré de douleur lorsqu'elle lui disait non.
– Promettez-moi que vous ne me quitterez jamais ! lui dit la Bête un jour.
Mais la Belle avait vu, dans son miroir, que son père était malade de chagrin de l'avoir perdue.

– Je pourrais vous promettre de ne vous jamais quitter, mais j'ai tant envie de revoir mon père…
– Je vous enverrai chez votre père, dit le monstre, vous y resterez, et j'en mourrai de chagrin.
– Non, dit la Belle, je vous aime trop pour vouloir causer votre mort. Je vous promets de revenir dans huit jours.
– Vous y serez demain, dit la Bête. Vous n'aurez qu'à mettre votre bague sur une table quand vous voudrez revenir. Adieu, la Belle !

Quand la Belle se réveilla, le matin, elle était dans la maison de son père. Le bonhomme faillit mourir de joie en revoyant sa chère fille. Les sœurs de la Belle manquèrent mourir de douleur quand elles la virent habillée comme une princesse. Rien ne put étouffer leur jalousie, et elles se disaient :
– Pourquoi cette petite créature est-elle plus heureuse que nous ? Tâchons de l'arrêter ici plus de huit jours : sa sotte Bête se mettra en colère et la dévorera.

Quand les huit jours furent passés, les deux sœurs feignirent tellement d'être affligées de son départ que la Belle promit de rester encore huit jours.
Mais la dixième nuit qu'elle passa chez son père, elle rêva qu'elle était dans le jardin du palais et qu'elle voyait la Bête couchée sur l'herbe, prête à mourir.
La Belle se réveilla en sursaut et versa des larmes.
– Ne suis-je pas bien méchante, dit-elle, de donner du chagrin à une bête qui a pour moi tant de gentillesse ! Pourquoi n'ai-je pas voulu l'épouser ? Ce n'est ni la beauté ni l'esprit d'un mari qui rendent une femme contente, c'est la bonté du caractère. Allons, il ne faut pas rendre la Bête malheureuse !
À ces mots, la Belle se leva, mit sa bague sur la table et revint se coucher.

Quand elle se réveilla, elle vit avec joie qu'elle était dans le palais de la Bête. Elle s'habilla magnifiquement pour lui plaire, en attendant le soir ; mais la Bête ne parut point. La Belle alors craignit d'avoir causé sa mort ; elle était au désespoir.
Après avoir cherché partout, elle se souvint de son rêve et courut dans le jardin où elle l'avait vue en dormant. Elle trouva la pauvre Bête étendue sans connaissance et crut qu'elle était morte. Elle se jeta sur son corps sans avoir horreur de sa figure et, sentant que son cœur battait encore, elle prit de l'eau dans le canal et lui en jeta sur la tête :
– Ma chère Bête, ne mourez point ! dit la Belle. Vous vivrez pour devenir mon époux. Hélas ! je croyais n'avoir que de l'amitié pour vous, mais la douleur que je sens me fait voir que je ne pourrais vivre sans vous voir.

À peine la Belle eut-elle prononcé ces paroles qu'elle vit le château brillant de lumières.
Les feux d'artifice, la musique, tout lui annonçait une fête. Mais elle se retourna vers sa chère Bête dont l'état la faisait frémir.
Quelle ne fut pas sa surprise ? La Bête avait disparu, et elle ne vit plus à ses pieds qu'un prince plus beau que l'Amour.
– Une méchante fée m'avait condamné à rester sous cette figure jusqu'à ce qu'une belle jeune fille consentît à m'épouser, lui dit le prince, et elle m'avait défendu de faire paraître mon esprit.
La Belle donna la main à ce beau prince et ils allèrent ensemble au château.
Le prince épousa la Belle, et ils vécurent très longtemps, dans un bonheur parfait.